Valores que a Bíblia Ensina

SBN EDITORA

© Ediciones Daly s.l. 2013
Todos os direitos reservados.
Direitos exclusivos da edição em Língua Portuguesa
adquiridos por © 2015 Todolivro Ltda.

Tradução:
Paulina Maturana Gajardo Meisen

Revisão:
Karin E. R de Azevedo

IMPRESSO NA ÍNDIA
www.todolivro.com.br

Dados Internacionais de Catalogação na Publicação (CIP)
(Câmara Brasileira do Livro, SP, Brasil)

Valores que a Bíblia ensina
Ediciones Daly; tradução Paulina Maturana Gajardo Meisen
Gaspar, SC: SBN Editora, 2023.
Título original: Valores que nos enseña la Biblia.

ISBN 978-85-376-4378-5

1. Histórias bíblicas 2. Literatura infantojuvenil
3. Valores – Estudo e ensino I. Ediciones Daly.

19-27264   CDD-028.5

Índices para catálogo sistemático:

1. Bíblia: Histórias: Literatura infantojuvenil   028.5
2. Bíblia: Histórias: Literatura juvenil   028.5
Cibele Maria Dias – Bibliotecária – CRB-8/9427

Índice

Amor	6	**Arrependimento**	54
Gênesis, Capítulo 1		2 Samuel, Capítulo 12	
Amor pela Família	10	**Serenidade**	58
Gênesis, Capítulo 2		1 Reis, Capítulo 19	
Responsabilidade	14	**Generosidade**	62
Êxodo, Capítulo 3		2 Reis, Capítulo 4	
Confiança	18	**Bondade**	66
Êxodo, Capítulo 14		2 Reis, Capítulo 4	
Solidariedade	22	**Fortaleza**	70
Êxodo, Capítulo 17		Jó, Capítulo 1	
Sabedoria	26	**Respeito**	74
Êxodo, Capítulo 18		Mateus, Capítulo 21	
Convivência	30	**Compromisso**	78
Êxodo, Capítulo 20		Marcos, Capítulo 8	
Coragem	34	**Tolerância**	82
Números, Capítulos 13 e 14		Lucas, Capítulo 6	
Fé	38	**Perdão**	86
Números, Capítulo 21		Lucas, Capítulo 7	
Autoestima	42	**Humildade**	90
Juízes, Capítulo 6		Lucas, Capítulo 11	
Autocontrole	46	**Gratidão**	94
1 Samuel, Capítulo 16		Lucas, Capítulo 17	
Diálogo	50		
1 Samuel, Capítulos 18 e 19			

Para quem foi feito este livro?

O livro "Valores que a Bíblia ensina" é uma ajuda criativa, didática e atual, que permite colocar ao alcance das crianças os valores éticos e morais que são descobertos quando se lê a Bíblia. A educação é o primeiro passo para formar pessoas livres e felizes, e este livro nasce da necessidade de pais e educadores encontrarem ferramentas pedagógicas que os ajudem a orientar as novas gerações na formação de valores, para estabelecer os pilares de uma sociedade baseada no afeto, no respeito, na solidariedade e na tolerância.

Pensada para captar a atenção das crianças a partir de 6 anos, esta obra, cuidadosamente adaptada a partir das parábolas e capítulos mais importantes das Escrituras, é acompanhada de atividades divertidas e lindas ilustrações para transmitir importantes ensinamentos contidos na Palavra de Deus. Assim, elas poderão estabelecer uma base ética e cívica para enfrentarem os desafios que a sociedade atual impõe, bem como em assegurar uma futura convivência em paz e harmonia.

Propósitos desta obra

O objetivo da obra é guiar as crianças na interiorização e na prática de valores, possibilitando-lhes uma formação moral. Desta forma, espera-se que brincando, divertindo-se e compartilhando experiências as crianças aprendam a incorporar os valores essenciais para uma vida plena, cheia de amor, respeito e responsabilidade para elas mesmas e com os outros.

O livro também pretende servir como ferramenta para pais e educadores na tarefa de educar, por meio de recursos pedagógicos que, de forma clara e divertida, propiciam transmitir valores em ambientes cotidianos como o lar e a escola.

Como é abordado cada valor?

A apresentação de cada valor começa com a adaptação de um relato bíblico e continua convidando as crianças a refletirem, por meio da seção "O que se pode aprender?", de atividades e brincadeiras que podem ser compartilhadas com amigos. No decorrer destas páginas pretende-se ensinar às crianças a importância de desenvolver virtudes para agradar ao Senhor e se converter em homens e mulheres merecedores de Seu amor e Sua infinita misericórdia.

Espera-se, sinceramente, que este livro se transforme em uma valiosa ferramenta para pais e educadores e que, ao percorrer suas páginas junto com as crianças, estes consigam aplicar o poder das Escrituras em suas vidas. O melhor presente que se pode dar aos filhos é a possibilidade de um mundo melhor e, por meio desta obra, pode-se avançar em direção a esse objetivo com fé e esperança, aprendendo do livro que tem servido para guiar milhões de pessoas no mundo: a Bíblia.

> "Quando um dia teu filho te perguntar: Que significam estes mandamentos, estas leis e estas normas que o Senhor ordenou? Tu responderás ao teu filho: Nós éramos escravos do Faraó no Egito e o Senhor nos libertou com a sua mão poderosa."
>
> **Deuteronômio 6:20-21**

Amor
A Criação
Gênesis, Capítulo 1

No princípio não tinha nada, tudo era vazio e escuridão. Só existia Deus. Então, o Senhor, em seu infinito amor, decidiu criar o mundo.
No primeiro dia Deus disse:
– HAJA LUZ.
E houve luz e a separou das trevas.
No segundo dia, Deus criou o céu com a sua imensidão, a terra fértil e extensa e o maravilhoso mar azul.
No terceiro dia apareceram os grandes bosques, que formam as selvas e as árvores que produzem saborosos frutos. As plantas que dão belas flores e agradáveis aromas e que também produzem as sementes para que novas plantas nasçam e a vida se renove.
No quarto dia, o bom Deus Pai criou esse maravilhoso astro que dá calor todos os dias, fonte de luz e vida, e chamou-o de Sol. Também criou a

A beleza que nos rodeia é a melhor prova do grande amor que Deus sente pela humanidade.

> "Amarás ao Senhor teu Deus com todo o teu coração, com toda tua alma, com toda tua inteligência e com todas as tuas forças. [...] Amarás ao teu próximo como a ti mesmo."
>
> Marcos 12:30-31

linda lua que ilumina a noite e lhe deu por companhia milhares de estrelas para que sempre a acompanhem e guiem os homens na escuridão.

No quinto dia, Deus criou os peixes grandes e pequenos, que vivem no mar e as aves de todas as cores que atravessam os céus e alegram a todos com o seu canto.

No sexto dia, Deus criou todos os animais que habitam e correm pela terra, o gado, os pequeninos insetos e os grandes répteis.

Deus abençoou a todas as criaturas da criação dizendo:

– CRESCEI E MULTIPLICAI-VOS.

O que se pode aprender?

O mundo está cheio de coisas maravilhosas e todas elas foram dadas por Deus. As flores, os animais, os oceanos, as nuvens, os entardeceres, tudo foi criado por Ele para que os homens desfrutem a criação. O amor incondicional que guiou Deus para fazer tudo isso pelos seus filhos sem esperar nada em troca é o exemplo mais perfeito que Ele deixou e é por isso que se deve seguir na vida amando ao próximo todos os dias, da mesma forma que Deus ama a todos, apesar dos defeitos de cada um.

Atividades

Comprove o que você sabe
- Em que dia Deus criou as plantas e as flores?
- Cite uma coisa que Deus tenha criado no segundo dia.

Minha Bíblia Ilustrada
- Desenhe o quinto dia da Criação.

Aprenda com pessoas mais experientes
- Peça a seus pais que falem sobre alguma coisa que tenham feito por amor ao próximo e peça-lhes que expliquem o porquê o fizeram e como se sentiram.

Brincadeiras

A casa dos sonhos

1 Cada participante começará com um lápis e uma folha de papel que deverá ter a mesma casa já desenhada.

2 Durante 5 minutos todos desenharão e colorirão elementos decorativos que adornarão o desenho: janelas, chaminé, cortinas, jardim com flores, tudo que vier à cabeça...

3 Quando o tempo acabar, os participantes mostrarão seus desenhos e, entre todos, escolherão a casa que for julgada mais bonita.

Amor pela Família
A criação de Eva
Gênesis, Capítulo 2

Todos os animais, que conviviam com Adão, no jardim do Éden, tinham o seu par: o leão e a leoa, o macaco e a macaca... todos... menos o homem. Então, Deus decidiu criar Eva, a primeira mulher: uma companheira para que Adão não ficasse sozinho e tivesse com quem compartilhar todas as maravilhas da criação.

Quando Adão viu Eva ficou muito feliz, pois já não estava só, tinha outra pessoa com quem dividir a sua vida.

No sétimo dia, depois de ter criado tantas coisas boas, Deus descansou.

> A família é a base da educação e é a família que ajuda, acompanha e propicia bons conselhos em todos os momentos da vida.

"Disse Deus: – Não é bom que o homem permaneça sozinho [...] Da costela que tinha tirado de Adão fez a mulher e a colocou diante do homem."

Gênesis 2:18-22

Em sua grande sabedoria, Deus quis que todos, a partir desse momento também dedicassem o sétimo dia da semana para descansar, para louvar a Deus em oração e agradecer-Lhe por tudo de bom que Ele deu e continua dando a cada instante.

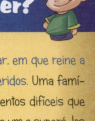

O que se pode aprender?

O amor pela família permite construir um lar, em que reine a tolerância e o respeito pelos seres mais queridos. Uma família unida estará sempre presente nos momentos difíceis que possam aparecer pelo caminho, ajudando cada um a superá-los com a experiência dos integrantes da família. O verdadeiro lar é aquele em que cada membro da família contribui com o seu grãozinho de areia para o bem de todos.

Comprove o que você sabe
- Como se chamava a companheira de Adão?
- Em que dia da criação Deus descansou?

Minha Bíblia Ilustrada
- Desenhe um casal de animais de quatro patas.

Aprenda com pessoas mais experientes
- Pergunte aos seus pais como eles se conheceram e peça que eles lhe mostrem fotos dessa época. Comente com eles sobre as diferenças que existem entre a aparência que eles tinham naquela época, as roupas que usavam e como eles são hoje.
- Peça a seus pais que falem a respeito das mudanças pelas quais o mundo tem passado desde a época em que eles eram crianças até os dias atuais.

Brincadeiras

As virtudes de nossos pais

1. Estabelece-se uma ordem entre os participantes. O primeiro deverá apontar uma virtude de um de seus pais, por exemplo: "A paciência da minha mãe". O seguinte repetirá o mesmo valor citado pelo primeiro e acrescentará outro, por exemplo: "O respeito de meu pai".

2. Quando chegar a vez, cada participante deverá repetir todos os valores mencionados até aquele momento, na mesma ordem e acrescentar outro à série, alterando de forma adequada as pessoas já citadas, por exemplo: "A paciência da tua mãe, o respeito do teu pai, o carinho da minha mãe". Quando um participante errar a ordem da série, ele será eliminado.

Responsabilidade
A missão de Moisés
Êxodo, Capítulo 3

Quando Moisés cresceu, ele virou um homem de bem e ficou muito triste quando viu o sofrimento a que era submetido o povo sob o governo do Faraó e, por isso, decidiu sair do Egito e fugiu do palácio real para um país chamado Midiã, local em que se casou e viveu como pastor.

No entanto, enquanto Moisés pastoreava suas ovelhas, os israelitas pediam a Deus que mandasse alguém para libertá-los da escravidão e Deus ouviu as suas preces.

Um dia, Moisés estava cuidando do rebanho nas ladeiras do monte Sinai, quando avistou algo surpreendente: um arbusto que estava pegando fogo, mas as chamas não o consumiam. Curioso, ele se aproximou para olhar e, de repente, ele ouviu a voz de Deus que dizia:

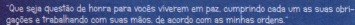

"Que seja questão de honra para vocês viverem em paz, cumprindo cada um as suas obrigações e trabalhando com suas mãos, de acordo com as minhas ordens."
1ª Carta aos Tessalonicenses 4:11

– TENHO VISTO COM MUITA TRISTEZA O QUANTO O MEU POVO VEM SOFRENDO E EU OUVI AS SUAS PRECES.
DECIDI TIRÁ-LOS DO EGITO E LEVÁ-LOS PARA UMA TERRA NOVA, ONDE SERÃO LIVRES. TU ÉS O ESCOLHIDO PARA TIRAR O MEU POVO DO EGITO. NÃO DEVES TE PREOCUPAR NEM TEMER, POIS EU ESTAREI SEMPRE CONTIGO, GUIANDO O TEU CAMINHO.

Seja confiável e cumpridor; quando aceitar uma tarefa, ponha todo o empenho para torná-la realidade.

O que se pode aprender?

A responsabilidade é a obrigação que toda pessoa tem de responder pelo que diz e faz. Tem a ver com a capacidade de cada um para enfrentar as consequências de seus atos. Quem é responsável realiza o seu trabalho com seriedade e sempre cumpre as promessas feitas à família, na escola e em sua casa, sem que precise ser lembrado, a cada momento, de suas obrigações.

Atividades

 Comprove o que você sabe
- Por que Moisés decidiu sair do Egito?
- Qual é a missão que Deus deu a Moisés?

 Minha Bíblia Ilustrada
- Desenhe Moisés em sua viagem do Egito até a terra de Midiã.

 Aprenda com pessoas mais experientes
- Pergunte aos seus pais quais são as responsabilidades que eles têm e por que é importante cumpri-las.
- Pense em suas próprias responsabilidades e o que os seus pais esperam de você, bem como seus professores.

Brincadeiras

Esquerda e direita

1. Deverá ser escolhido um coordenador e os outros jogadores formarão uma roda, ficando de frente uns para os outros. O coordenador entregará uma bola para um deles (pode ser de tênis ou outra qualquer).

2. O coordenador dará o sinal dizendo "direita" ou "esquerda" e quem estiver com a bola deverá passá-la, o mais rápido possível, para o jogador que estiver ao seu lado, na direção indicada e ele a entregará para o próximo e, assim por diante, até que o coordenador mude o sentido. O participante que errar deverá abandonar o jogo. Ganham os dois últimos jogadores que não forem eliminados.

Confiança
A travessia do Mar Vermelho
Êxodo, Capítulo 14

Quando o Faraó aceitou deixar os israelitas partirem, muito felizes, eles abandonaram o Egito à procura de uma vida melhor. No entanto, enquanto eles empreendiam viagem, o Faraó se arrependeu de ter permitido a sua partida e decidiu que utilizaria todo o seu poder para caçar os israelitas e trazê-los acorrentados para o Egito mais uma vez. O Faraó partiu com o seu exército a cavalo e seus carros de guerra e iniciou a perseguição ao povo de Deus. Enquanto isso, os israelitas tinham chegado ao Mar Vermelho e descansavam as suas margens. Quando avistaram os egípcios no horizonte, os israelitas sentiram muito medo e pensaram que se o Faraó tinha se arrependido daquilo que tinha prometido, nada poderia salvá-los. No entanto, Moisés falou:
— Não temam. Confiem no Senhor e em mim, seu servidor!
E o povo de Israel teve certeza que Moisés, com a ajuda de Deus, os salvaria.

> Quem confia em outra pessoa contribui com a sua felicidade e a ajuda a crescer.

· 18 ·

"Ó Senhor dos exércitos, bem-aventurado o homem que em ti põe a sua confiança."
Salmos 84:12

Moisés estendeu sua mão sobre o mar e Deus fez soprar um forte vento que dividiu as águas. Os israelitas, assombrados e contentes, passaram pelo meio do mar. Os egípcios, com o Faraó a sua frente, se lançaram para continuar a persegui-los, mas Moisés novamente estendeu a mão sobre o mar e todo aquele poderoso exército foi envolvido pelas águas.

O que se pode aprender?

A confiança é a esperança que se deposita nas promessas que haverão de se cumprir. Este valor é a base da amizade e do amor, pois sem a confiança não há respeito. A confiança é um valor muito importante para a vida em sociedade, pois fortalece os laços familiares e sociais. Uma pessoa desconfiada caminha sempre com passo inseguro.

Atividades

✓ Comprove o que você sabe
- O que aconteceu quando o Faraó decidiu libertar o povo de Israel?
- O que disse Moisés ao seu povo quando o exército do Faraó os ameaçou de levá-los de volta para o Egito?
- Qual foi o milagre que Deus fez por meio de Moisés?

✓ Minha Bíblia Ilustrada
- Desenhe o exército do Faraó.

✓ Aprenda com pessoas mais experientes
- Pergunte ao seu pai e a sua mãe se alguma vez eles já se decepcionaram com alguém em quem confiavam.
- Pergunte para eles em quem confiam cegamente e como podem ter certeza de que não se decepcionarão.

Brincadeiras

O dorminhoco

1 Dentre os participantes deverá ser escolhido aquele que será "O dorminhoco". Ele ficará de pé e seus olhos serão vendados.

2 Os outros participantes ficarão atrás dele e unirão as suas mãos firmemente, formando uma cama. Quando estiverem prontos dirão:
— PODE DORMIR.

3 O dorminhoco fingirá estar dormindo e cairá sobre os braços dos seus amigos. Em seguida, eles o erguerão e será escolhido outro jogador que fará o papel do dorminhoco.

Solidariedade
Vitória sobre Amalec
Êxodo, Capítulo 17

Estavam os israelitas acampando em Rafidim, quando os amalequitas, um povo de guerreiros muito fortes, caiu sobre eles e os atacou de surpresa. Moisés disse para Josué:
– Escolhe vários homens fortes e defende o povo dos guerreiros de Amalec. Eu estarei no cume do monte, e levarei em minhas mãos o cajado que Deus me deu.
Josué fez o que Moisés lhe pedia e lutou, corajosamente, contra os amalequitas, enquanto Moisés, Arão e Hur subiam até o cume do monte.

> "Valem mais dois juntos que um só, porque é maior a recompensa do esforço. Se caírem, um levantará o seu companheiro; mas, coitado de quem estiver só e cair, sem ter ninguém que o ajude a levantar."
>
> Eclesiastes 4: 9,10

Contemplando a batalha a seus pés, Moisés, em nome de Deus, levantou o cajado sobre a sua cabeça. E aconteceu que, enquanto o cajado estava no alto, Josué e os israelitas derrotavam seus inimigos e quando, pelo cansaço, as forças de Moisés fraquejavam e ele abaixava o cajado, Amalec atacava e o povo de Moisés recuava.

Como viram que Moisés não conseguia mais segurar o cajado no alto, seus companheiros, Hur e Arão, um de cada lado, o ajudaram a levantar os braços. Assim, graças à colaboração de todos, Moisés manteve o cajado erguido até o por do sol e desse jeito, Josué e o seu exército derrotaram Amalec com a ajuda de Deus.

A solidariedade é a chave para superar todas as dificuldades: a união faz a força.

O que se pode aprender?

A solidariedade é a virtude que impulsiona a trabalhar junto a outras pessoas, para alcançar um objetivo comum. Quem é solidário se entrega, de maneira desinteressada e é uma pessoa disposta a realizar tudo que estiver ao seu alcance para ajudar aos outros, sem esperar nada em troca.

Atividades

✓ Comprove o que você sabe
- Por quem foram atacados os israelitas?
- Qual foi a ajuda que Arão e Hur deram a Moisés?
- O que acontecia quando Moisés erguia o seu cajado?
- Ao pôr do sol, quem ganhou a batalha?

✓ Minha Bíblia Ilustrada
- Desenhe a batalha entre os israelitas e os amalequitas.

✓ Aprenda com pessoas mais experientes
- Pergunte aos seus pais como eles ajudam um ao outro.
- O que você acha que significa a frase: "A união faz a força"?
- Pense em todas as vezes que você ajudou os seus pais ou os seus amigos em suas tarefas e em todas as vezes que você foi ajudado.
- Quais as vantagens de trabalhar em grupo?

Brincadeiras

O adivinho

1 Os participantes deverão se dividir em duas equipes. Cada equipe terá que escolher um dos seus jogadores para ser o "Adivinho" e, uma vez escolhido, ele sairá do quarto.

2 Quando os adivinhos já tiverem saído, as duas equipes escolherão um filme, chamarão seus adivinhos e cada equipe começará a fazer um desenho que represente o filme escolhido. Cada jogador deverá desenhar, por 10 segundos, no mesmo desenho antes de entregar o lápis para o próximo (deverá ter apenas um lápis e uma folha de papel por equipe). Ganhará a equipe cujo adivinho consiga acertar primeiro o nome do filme.

Sabedoria
Jetro aconselha Moisés
Êxodo, Capítulo 18

Jetro, sacerdote de Midiã e sogro de Moisés, foi visitá-lo no deserto, onde estava acampado. Ambos estavam muito felizes com o reencontro e Moisés contou a seu sogro todas as coisas boas que Deus tinha feito por eles, o que tinha acontecido com o Faraó, os sofrimentos vividos no deserto e como Deus tinha ajudado nos momentos de maior necessidade.

No dia seguinte, Moisés sentou em uma pedra, como era de costume, para escutar as queixas do seu povo, ajudando a resolver seus problemas e inquietudes. Jetro era sacerdote já fazia muitos anos e conhecia as dificuldades que Moisés enfrentava.

> Sábia é a pessoa que aplica em sua vida o caminho ensinado por Deus.

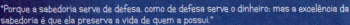

"Porque a sabedoria serve de defesa, como de defesa serve o dinheiro; mas a excelência da sabedoria é que ela preserva a vida de quem a possui."

Eclesiastes 7:12

Por isso, quando Moisés terminou de escutar as pessoas, Jetro lhe disse:
— Não é certo que apenas um faça todo o trabalho, Moisés. Logo, acabarás esgotado e quando não tiveres mais forças, quem guiará o teu povo?
— Ensina a eles as leis e mostra-lhes o caminho que deverão seguir, mas escolhe pessoas honestas, prudentes e capazes que se encarreguem dos assuntos menores e dos problemas do dia a dia.

Moisés escutou, atentamente, os conselhos do seu sogro e escolheu um grupo de homens sábios para que o ajudassem a ensinar e guiar o povo de Deus.

· 27 ·

O que se pode aprender?

A sabedoria é a capacidade do homem para resolver problemas e compreender tudo aquilo que o cerca, usando a inteligência, a experiência e o entendimento.

A sabedoria permite que uma pessoa enfrente os inconvenientes sem medo e encontre respostas para todas as perguntas que apareçam ao longo da vida.

Atividades

Comprove o que você sabe

- Que parentesco existia entre Jetro e Moisés?
- Sobre o que conversaram Jetro e Moisés?
- Qual foi o conselho de Jetro?
- Moisés ouviu os conselhos de Jetro?

Minha Bíblia ilustrada

- Desenhe Moisés ouvindo os conselhos de Jetro.

Aprenda com pessoas mais experientes

- Pergunte aos seus pais qual é o conselho de que eles mais se lembram, entre todos aqueles que ouviram quando eram mais jovens.

Brincadeiras

Olhos de falcão, memória de elefante

1 Os jogadores devem colocar sobre uma mesa uma grande quantidade de pequenos objetos: lápis de cor, moedas, etc.

2 Os jogadores observarão durante um minuto todos os objetos e logo fecharão os olhos. O coordenador retirará da mesa um dos objetos e pedirá aos participantes que abram seus olhos.

3 O jogador que adivinhar qual é o objeto que está faltando será o ganhador daquela rodada e o coordenador da próxima.

Convivência
Os dez mandamentos
Êxodo, Capítulo 20

Depois de ter atravessado o deserto, os israelitas chegaram ao Monte Sinai. Moisés subiu a montanha para orar ao Senhor e pedir-lhe ajuda para guiar o seu povo, enquanto os israelitas montavam o acampamento, aos pés do monte. De repente, a terra tremeu e a nuvem, que cobria o cume do monte, se transformou em uma fumaça ardente e se ouviram raios e trovões. Todos no acampamento tremiam de medo e cobriam seus olhos.

> "Eu lhes dou um novo mandamento: amem-se uns aos outros. Vocês devem se amar uns aos outros como Eu os tenho amado."
>
> João 13:34

Deus tinha descido até o cume do monte e lá de cima chamou Moisés. Quando Moisés foi se encontrar com Ele, o Senhor lhe entregou duas tábuas de pedra, em que tinha escrito os dez mandamentos ou leis, que explicavam como deveria se comportar o povo de Deus se desejasse viver feliz e tranquilo, convivendo uns com os outros.

Estes são os dez mandamentos escritos nas tábuas, como Deus os revelou a Moisés:

1 - Eu sou o Senhor, teu Deus. Não terás outros deuses diante de mim.
2 - Não farás para ti imagem de escultura. Não te curvarás a ela nem a servirás.
3 - Não tomarás o nome do Senhor em vão; porque o Senhor não terá por inocente aquele que tomar o Seu nome em vão.
4 - Lembra-te do dia do Senhor para O santificar. Seis dias trabalharás e farás toda a tua obra. Mas o sétimo dia é o sábado do Senhor, teu Deus. Não farás nenhuma obra.
5 - Honra a teu pai e a tua mãe.
6 - Não matarás.
7 - Não adulterarás.
8 - Não furtarás.
9 - Não dirás falso testemunho contra o teu próximo.
10 - Não cobiçarás coisa alguma do teu próximo.

Deus criou o homem como um ser sociável, com a necessidade de conviver e compartilhar a sua vida.

O que se pode aprender?

A convivência é o valor que permite às pessoas a vida em sociedade. Esta virtude, composta por muitas outras como o respeito, o amor, o perdão, a tolerância, e outras faz com que o homem possa se organizar em grupos (família, amigos) e está baseada no cumprimento de uma série de normas e regras, por parte de todos os membros de uma comunidade, para atingir o bem comum.

Atividades

Comprove o que você sabe
- Quais foram os dez mandamentos que Deus deu a Moisés?
- Em que lugar Deus falou com Moisés?
- Onde estavam escritos os dez mandamentos?
- Para você, qual é o mandamento mais importante?

Minha Bíblia Ilustrada
- Desenhe o momento em que Deus entrega as tábuas a Moisés, no cume do Monte Sinai.

Aprenda com pessoas mais experientes
- Escute com os seus pais as notícias na TV e tente reconhecer se o que acontece no mundo, no seu país ou na sua cidade, vai contra algum dos dez mandamentos de Deus.

Brincadeiras

Desembaraçando o novelo

1 Todos os participantes (quanto mais gente melhor) deverão levantar os braços e ficar de pé o mais perto que puderem uns aos outros, formando um círculo.

2 Todos os jogadores cruzarão seus braços e com as suas mãos pegarão na mão do jogador ao seu lado.

3 O jogo consiste em "desembaraçar o novelo" que se formou, sem que nenhuma mão se solte ao fazê-lo.

coragem
A exploração de Canaã
Números, Capítulos 13 e 14

Após sair do Egito e caminhar durante muito tempo através do deserto, finalmente, os israelitas chegaram às portas de Canaã, a terra prometida. Moisés escolheu doze homens corajosos, um de cada tribo de Israel, para que estes entrassem em Canaã e descobrissem como era aquela terra. Somente os doze homens entraram na cidade e puderam descobrir o quão maravilhoso e fértil era aquele lugar. Eles foram até o vale, viram as plantações, os animais e colheram enormes e deliciosos cachos de uvas para levar ao acampamento.

Depois de quarenta dias de exploração, eles voltaram muito felizes e falaram para Moisés e para o povo de Israel:

– É uma terra extraordinária, da qual brota leite e mel, mas o povo que lá habita é muito poderoso. Os homens são gigantes, fortes e aguerridos. Não conseguiremos conquistá-la.

Para alcançar o sucesso, valem mais a coragem e o ânimo que qualquer exército.

"Sê forte e corajoso, porque tu farás este povo herdar a terra que, sob juramento, prometi dar a seus pais."

Josué 1:6

Enquanto todos se lamentavam certos de que tudo estava perdido, Josué e Calebe, os mais corajosos da expedição, tentavam animar os demais israelitas a continuarem adiante, com coragem e confiança em Deus dizendo:

– Com Deus entraremos em Canaã e iremos conquistá-la, pois o Senhor está conosco e não há quem possa contra Ele. A fé e a coragem de Josué e Calebe agradaram a Deus e, por isso, Ele os abençoou.

· 35 ·

O que se pode aprender?

A coragem é a força de vontade que ajuda a agir superando o medo de fracassar. A pessoa corajosa também costuma ser decidida, segura de si e positiva, esta pessoa enfrenta com decisão as dificuldades, agindo de forma correta e justa. Nunca permite que os riscos e os perigos que possam aparecer em seu caminho determinem o seu comportamento.

Atividades

Comprove o que você sabe
- Quantos homens partiram para explorar a nova terra?
- Por que Moisés escolheu essa quantidade de homens?
- Quem animou o povo para que fosse adiante?

Minha Bíblia Ilustrada
- Desenhe Josué e Calebe animando os israelitas a entrarem em Canaã e conquistá-la.

Aprenda com pessoas mais experientes
- Pergunte ao seu pai e a sua mãe de que coisas eles têm medo e como encontram coragem para superá-lo.

Brincadeiras

As caixas misteriosas

1. Serão necessárias entre 6 e 10 caixas de sapatos numeradas e com um buraco na parte superior, em que as crianças poderão enfiar as mãos para descobrir o que tem dentro.

2. O coordenador deverá, previamente, colocar alimentos e objetos dentro das caixas, que estimulem a imaginação das crianças, como, por exemplo: uma casca de banana, macarrão já cozido, milho, salsichas, uma esponja molhada, uvas descascadas, etc.

3. Cada jogador deverá enfiar a sua mão em cada uma das caixas e escrever, em uma folha de papel, o que ele acha que tem dentro delas. Ganhará o jogador que conseguir acertar o maior número de objetos.

Fé
A serpente de bronze
Números, Capítulo 21

O povo de Israel continuava a travessia pelo deserto e quando o cansaço, a fome e a sede eram insuportáveis, mais uma vez, começaram a se queixar para Moisés:

— Por que nos tiraste do Egito?

O Senhor decidiu que era hora de colocar à prova a fé do povo. Então, Deus fez serpentes venenosas aparecerem, que picavam todo aquele que se aproximasse. Os israelitas estavam muito assustados e Moisés implorou a Deus pela saúde de sua gente pedindo que afastasse aqueles animais.

> As pessoas que têm fé nunca caminham sozinhas, porque Deus sempre está com elas.

"Mas sem fé é impossível agradar a Deus, pois ninguém chega perto do Senhor, sem antes acreditar que Ele existe e que aquele que O procura será recompensado."

Hebreus 11:6

Deus disse a Moisés:
– FAZ UMA SERPENTE DE BRONZE E COLOCA-A EM UM POSTE. TODO AQUELE QUE OLHAR PARA A IMAGEM, SE TIVER FÉ EM MIM, VIVERÁ.
E, assim, foi: todos aqueles que tinham sido picados por uma serpente, olhavam a imagem e, se tinham fé em Deus, eram curados imediatamente e paravam de sofrer.

O que se pode aprender?

A fé é a capacidade de acreditar naquilo que não se pode ver e muito especialmente, a confiança na palavra de Deus revelada nas Escrituras. A fé está relacionada com a esperança e com a aceitação, mas vai além de ambas, porque a pessoa que tem fé está disposta a fazer muitos sacrifícios para agradar a Deus e cumprir as suas leis.

Atividades

 Comprove o que você sabe
- Quais foram os animais que atacaram os israelitas no deserto?
- Por que Deus enviou as serpentes?
- De que material foi feita a imagem de serpente que tinha o poder de curar?
- O que acontecia quando uma pessoa que tinha sido picada por uma serpente olhava para a estátua de bronze?

 Minha Bíblia Ilustrada
- Desenhe as serpentes perseguindo os israelitas.

 Aprenda com pessoas mais experientes
- Pergunte aos seus pais se alguma vez eles já tiveram alguma doença ou enfrentaram uma situação difícil e de que forma Deus os ajudou a superar esses momentos.

Brincadeiras

Ao lado da minha casa

1. Antes de começar, todos os participantes sentarão formando um círculo e escolherão quem irá dar início ao jogo. Feito isso, esse jogador dirá:
   – Ao lado da minha casa mora um senhor que não acredita...
   A criança que estiver a sua direita repetirá a frase, acrescentando uma palavra, por exemplo:
   – Ao lado da minha casa mora um senhor que não acredita EM...

2. Quando for a sua vez, cada criança deverá repetir a frase e acrescentar uma palavra. Quando um jogador errar, ele abandonará o círculo e assim por diante até ficar apenas um jogador, que será o ganhador.

Autoestima
As dúvidas de Gideão
Juízes, Capítulo 6

Já fazia muito tempo que os israelitas suportavam os ataques de uma tribo feroz do deserto chamada de midianitas. Os integrantes dessa tribo roubavam as colheitas, os animais e agrediam constantemente o povo de Israel. Eles não deixavam os israelitas viverem em paz e por causa de seus ataques, eles não tinham mais nada para comer.

Deus escolheu Gideão, um homem do campo, humilde e modesto, para liderar o povo e enfrentar aqueles terríveis inimigos.

No entanto, após escutar as palavras de Deus, Gideão disse:

— Senhor, eu sou o mais novo na casa de meu pai. Não sou nenhum herói, não sou o mais forte, nem maior que qualquer outro filho de Israel. Como pode o Senhor escolher a mim para uma tarefa tão árdua?

Gideão duvidava muito e achava que não era suficientemente importante e que não tinha a força necessária para ser o chefe de seu povo.

A falta de confiança em si mesmo limita o potencial que se tem.

> "... Deus dispõe todas as coisas para o bem daqueles que O amam. [...] O que diremos depois de tudo isto? Se Deus está conosco, quem será contra nós?"
>
> **Romanos** 8:28-31

Porém, a confiança que Deus havia depositado nele, finalmente, o fez mudar de ideia e Gideão precisou apenas confiar na vontade de Deus para se convencer de que poderia fazer grandes coisas. A partir daquele dia, ele se encheu de confiança e de fé em si mesmo e ficou à frente de seu povo para combater os terríveis midianitas e guiar os israelitas na luta contra aquele inimigo feroz que os atacava sem descanso.

O que se pode aprender?

A autoestima é a capacidade de valorizar as qualidades que se possui na justa medida, reconhecendo tanto as virtudes quanto os defeitos que se tem. A autoestima é um valor vital para a vida em sociedade, pois aceitar e respeitar a si mesmo leva a aceitar e respeitar aos outros. Alguém com alta autoestima tem grandes possibilidades de levar a cabo tudo aquilo a que se propuser. À medida que a pessoa cresce e se desenvolve, a autoestima será o escudo que vai protegê-la dos perigos da vida: drogas, álcool, delinquência, etc.

Atividades

Comprove o que você sabe
- Qual era o nome da tribo que atacava os israelitas?
- Por que Gideão duvidava?
- Como Gideão recuperou a sua confiança?

Minha Bíblia Ilustrada
- Desenhe Gideão preparando-se para a batalha contra os midianitas.

Aprenda com pessoas mais experientes
- Peça a seus pais que lhe falem sobre a importância de ter confiança em suas próprias capacidades e talentos.

Brincadeiras

O escolhido

1 Todos os participantes deverão se colocar ao redor do coordenador. Então, este lançará uma bola para o alto, dirá o nome de um dos jogadores. Esse jogador deverá pegar a bola, enquanto os outros se afastam correndo, o mais rápido que puderem, sem parar, até o escolhido pegar a bola em suas mãos, quando o coordenador tocará um apito.

2 O escolhido, que estará com a bola, sem sair do lugar, tentará atingir um de seus companheiros arremessando a bola. Se ele conseguir, o escolhido eliminará da partida aquele jogador que foi atingido. Em seguida, a bola voltará para o escolhido, que tentará eliminar outro companheiro. No entanto, se o participante que foi atingido conseguir pegar a bola antes de cair no chão, ele passará a ser o escolhido.

Autocontrole
A música de Davi
1 Samuel, Capítulo 16

O Rei Saul tinha se convertido em um mau Rei. Todo o tempo estava de mau humor e gritava com os seus serviçais, pois não era feliz. Um desses serviçais disse ao Rei Saul:
— Eu sei do que o senhor precisa meu Rei! O filho de Jessé, Davi, toca harpa maravilhosamente. Sua música alegrará a alma e acalmará a cólera do meu Rei.
Saul gostou da ideia e mandou buscar o jovem e talentoso pastor.
Davi chegou ao palácio do Rei Saul e começou a tocar umas melodias doces como o mel e suaves como o orvalho.

> Deus pode dar a paz de que se precisa e afastar de condutas impulsivas.

> "O tolo mostra toda a sua raiva, mas quem é sensato se cala e a domina."
>
> **Provérbios** 29:11

A música da harpa sempre reconfortava e alegrava o Rei Saul quando ele estava triste ou de mau humor. Mesmo quando os pensamentos mais violentos e as ideias mais obscuras passavam pela cabeça do Rei, ele controlava seus impulsos graças à música de Davi.

A partir daquele dia, o jovem pastor foi morar no palácio e ele tocava música relaxante cada vez que o Rei mal humorado assim pedia. Davi não só tocava harpa lindamente, ele também cantava e escrevia poemas maravilhosos que chamava de salmos.

O que se pode aprender?

Cada pessoa é dona de suas ações e decisões e sempre se pode escolher fazer o bem e não o mal, obedecer ao invés de desobedecer ou optar pela honestidade ao invés de ser desonesto. Quando se tem um espírito forte e muita força de vontade, é possível se distanciar das más condutas e escolher todos os dias aquilo que mais possibilite aproximação com Deus.

Atividades

Comprove o que você sabe
- Por que Saul era um mau Rei?
- Quais eram os talentos de Davi?
- Que efeito produzia a música de Davi no Rei Saul?

Minha Bíblia Ilustrada
- Desenhe Davi tocando harpa e seu rebanho de ovelhas.

Aprenda com pessoas mais experientes
- Pergunte aos seus pais que músicas lhes agradam e fale daquelas que você gosta. Procure algumas músicas do gosto deles e outras do seu gosto. Ouçam juntos.
- O que pensa cada um a respeito das músicas que acabam de ouvir?

Brincadeiras

Bate na mão

1 Este jogo deverá ser jogado em duplas. Um ficará de frente para o outro. O primeiro jogador estenderá os braços e colocará suas mãos com as palmas para cima, e o segundo jogador colocará as suas mãos por cima das mãos do primeiro, mas com as palmas para baixo.

2 O primeiro tentará bater com a sua mão no dorso de uma das mãos do segundo jogador. Aquele que estiver com as mãos por cima poderá tentar evitar o golpe. Se ele conseguir tirar a mão a tempo, os papeis deverão ser invertidos. Se ele for golpeado, o ponto vai para o jogador que bateu, ou seja, o primeiro jogador.

Diálogo
Davi e Jônatas
1 Samuel, Capítulos 18 e 19

Quando o jovem Davi derrotou o gigante Golias, todo o povo festejou a sua coragem. Um de seus melhores amigos era Jônatas, filho do Rei Saul. Jônatas gostava tanto de Davi que, ao ver a coragem do seu amigo, despiu o manto que usava, a armadura, a espada, o arco, o seu cinto e deu tudo de presente para Davi. Ambos se entendiam e se respeitavam como se fossem irmãos.

Contudo, o Rei Saul sentia inveja de Davi, porque graças a sua inesperada coragem no dia da batalha, todos o respeitavam e Saul não estava disposto a suportar que alguém fosse mais admirado que ele.

O Rei Saul chamou o seu filho Jônatas e lhe disse que Davi deveria morrer.

O melhor caminho para solucionar problemas e consertar erros é o diálogo.

> "A vossa palavra seja sempre com graça, temperada com sal, para saberdes como deveis responder a cada um."
>
> **Colossenses** 4:6

Jônatas ficou muito triste e falou com o pai em favor de Davi:

— Davi nunca lhe ofendeu — ele disse — tudo que ele faz é pelo seu bem: ele arriscou a própria vida contra o gigante Golias. Se o senhor ficou tão feliz ao ver o gigante derrotado pela mão do meu amigo, por que agora quer lhe fazer dano?

No entanto, apesar da tentativa de Jônatas de dialogar com o seu pai, este não queria ouvir suas razões. O jovem, então, decidiu que o melhor a fazer era avisar o seu amigo do perigo que estava correndo. Ele procurou Davi e lhe disse:

— Meu pai, o Rei Saul, está lhe procurando para matá-lo. Você deve fugir o quanto antes. Eu falarei com o meu pai mais uma vez e tentarei convencê-lo do erro que ele está cometendo.

Jônatas procurou o pai mais uma vez e repetiu:

— Davi nunca ofendeu o senhor. Tudo que ele faz é pelo seu bem.

Finalmente, o Rei Saul decidiu não matar Davi. Jônatas, muito feliz, chamou o seu amigo e lhe contou que o seu pai tinha ouvido as suas súplicas e o perigo já tinha passado.

·51·

O que se pode aprender?

O diálogo é um dos valores mais importantes para a compreensão entre os seres humanos. A conversa é o que torna possível a comunicação entre as pessoas e é a ferramenta para expressar os sentimentos, as emoções, as ideias, os projetos e as opiniões. No lar, o diálogo é a melhor maneira de gerar confiança entre pais e filhos, reforçando os laços familiares e ensinando a escutar e a valorizar opiniões diferentes das que se tem, com tolerância e compreensão.

Atividades

Comprove o que você sabe
- Qual foi o presente que Jônatas deu a Davi para agradecer a sua coragem na batalha contra Golias?
- Por que Saul odiava Davi?
- O que disse Jônatas ao seu pai para evitar a morte de Davi?

Minha Bíblia Ilustrada
- Desenhe Davi vestindo a armadura que ganhou de Jônatas.

Aprenda com pessoas mais experientes
- Questione seus pais sobre a importância de falar sobre os seus problemas, tentando encontrar soluções por meio do diálogo.

Brincadeiras

Com as mãos na massa

1. Trata-se de, em duplas, modelar em argila ou massinha e, por isso, os jogadores deverão colaborar, entrar em um acordo e trabalhar em equipe.

2. Será necessária argila ou massinha de modelar e lenços para vendar os olhos dos jogadores. O grupo todo deverá vendar os olhos e só depois formarão as duplas (às cegas).

3. Cada dupla deverá sentar cara a cara e entre os jogadores será colocado um pedaço de argila ou massinha. Quando estiverem prontos, a quatro mãos, a dupla deverá começar a modelar o que tenham decidido. Pode ser um cachorro, um carro, um avião, etc.

4. Os jogadores deverão resolver todos os problemas que tiverem durante a confecção da figura por meio do diálogo, sem tirar a venda dos olhos.

5. Passados dez minutos, as crianças poderão tirar a venda dos olhos e, entre todos, decidirão qual a figura melhor modelada.

Arrependimento
O erro de Davi
2 Samuel, Capítulo 12

Davi tinha roubado a esposa de seu amigo Urias, uma linda mulher chamada Bate-Seba. Deus não ficou feliz com essa atitude de Davi e enviou o profeta Natã ao palácio, para que este mostrasse a Davi o quanto ele tinha errado. Chegou o profeta ao palácio e contou a seguinte história para o rei Davi, assim, ele pensaria no que tinha feito:

— Dois homens moravam em uma cidade. Um era rico e o outro muito pobre. O rico tinha tudo que precisava: ovelhas e bois em abundância. O pobre tinha apenas uma cabrita, que tinha comprado com muito esforço. Um dia, chegou uma visita à casa do homem rico e para alimentar o seu convidado, ele decidiu fazer um enorme banquete. No entanto, ao invés de utilizar um de seus animais, ele pegou a cabrita do homem pobre, sacrificou-a e a serviu na festa.

"Se confessarmos os nossos pecados, Ele é fiel e justo para nos perdoar os pecados e nos purificar de toda injustiça."

1 João 1:9

Ao terminar a história, Natã perguntou ao jovem Rei o que ele achava. Davi ficou aborrecido com a atitude daquele homem da história e disse a Natã que um ato tão miserável como aquele deveria ser castigado duramente. E Natã respondeu:

– Pois o senhor é como o homem rico da história, meu Rei! O senhor roubou a esposa de Urias, Bate-Seba, que era só o que ele tinha neste mundo, mesmo sabendo que poderia ter escolhido qualquer outra mulher para que fosse a sua esposa.

Davi entendeu o significado da história e, imediatamente, sentiu vergonha pelo que tinha feito. Prontamente, Davi pediu perdão a Deus, muito arrependido por ter agido de forma tão egoísta.

Todos cometem erros, mas errado mesmo é não tentar corrigi-los.

· 55 ·

O que se pode aprender?

O arrependimento é a virtude que permite corrigir as ações quando se sabe que se errou. A pessoa arrependida é, ao mesmo tempo, honesta e corajosa porque reconhece a sua culpa e tem a coragem suficiente para tentar corrigir o erro cometido. Apesar dos erros, por meio do arrependimento é possível se distanciar do pecado e voltar a percorrer o caminho de Deus.

Atividades

✓ Comprove o que você sabe
- O que fez o homem rico da história que Natã contou para Davi?
- Qual era o nome da mulher de Urias?
- Qual foi o erro de Davi?
- O que sentiu Davi depois de ouvir a história?

✓ Minha Bíblia Ilustrada
- Desenhe o Rei Davi pedindo perdão a Deus pelo que fez a Urias.

✓ Aprenda com pessoas mais experientes
- Pergunte aos seus pais se em algum momento da vida já fizeram alguma coisa da qual se arrependeram e peça que lhe expliquem como se sentiram depois de ter corrigido o seu erro.

O tesouro dos piratas

1 Os jogadores são piratas que, após uma vida inteira dedicada a roubar barcos e acumular tesouros, se arrependeram e decidiram devolver aquilo que surrupiaram... No entanto, tem um problema: as pessoas que foram roubadas não confiam nos piratas e, achando que se trata de uma farsa, tentarão entregar tudo de volta aos larápios!

2 Os jogadores deverão ficar dentro de um círculo que será a sua "ilha" e lá terão pelo menos dez bolas quaisquer, que representarão o tesouro dos piratas. Ao redor da ilha serão desenhados outros círculos que serão os barcos e em cada um deverá haver outro jogador.

3 Quando todos estiverem prontos, será dado o sinal para começar o jogo e os piratas deverão correr até os barcos, levando uma bola de cada vez, que serão colocadas dentro dos círculos. Os outros jogadores, assim que pegarem a bola, correrão até a ilha dos piratas e lá deverão deixá-la no chão e, assim, o tempo todo enquanto durar o jogo.

4 Passados dois minutos, o jogo acabará. Serão contadas as bolas que tem na ilha. Se houver menos da metade que tinha antes de começar o jogo, os piratas terão vencido.

Serenidade
O encontro de Elias com Deus
1 Reis, Capítulo 19

O Rei Ajab chegou furioso ao palácio e a primeira coisa que fez foi contar para a rainha Jezabel que o profeta Elias tinha zombado do seu deus Baal no monte Carmelo e a rainha, muito zangada, jurou que Elias pagaria com a sua vida. Quando o profeta soube o que a rainha planejava, fugiu para salvar a sua vida e, assim, ele permaneceu durante quarenta dias e quarenta noites até chegar a Horebe, o monte de Deus. Quando chegou àquele lugar sagrado, Elias entrou em uma caverna para passar a noite e poder descansar. No dia seguinte, ao amanhecer, Elias saiu do seu esconderijo e se mostrou diante de Deus. De repente, começou um furacão tão violento que ameaçava derrubar toda a montanha.

"É melhor comer um pedaço de pão seco com tranquilidade, que um banquete com discórdia."
Provérbios 17:1

No entanto, Elias não reconheceu a Deus no furacão. Depois, veio um grande terremoto, mas Deus não estava ali. Depois, surgiu um grande incêndio que queimava a montanha, mas o profeta sabia que não deveria procurar Deus entre as chamas. Após tantas calamidades, Elias sentiu uma brisa suave e refrescante em seu rosto e se encheu de felicidade, pois na calmaria, ele sentiu a presença do Senhor e escutou a sua voz que o reconfortava e animava a seguir em frente, apesar do cansaço, pois Ele sempre estaria ao seu lado.

DAMASCO

A serenidade permite que se vejam as coisas como elas realmente são.

· 59 ·

O que se pode aprender?

A serenidade é um estado de bem-estar que permite apreciar melhor as coisas que acontecem ao redor das pessoas.

As pessoas serenas pensam antes de tomar uma decisão e não têm medo ou ficam ansiosas com o que está por vir.

Em épocas difíceis, a serenidade é muito importante para poder enfrentar os problemas e encontrar soluções. E a confiança em Deus ajuda, dia após dia, a manter a serenidade nas vidas de cada pessoa.

Atividades

Comprove o que você sabe
- Por que Elias fugiu das terras de Ajab?
- Quanto tempo ele permaneceu fugindo?
- Que calamidades aconteceram antes da aparição de Deus?
- Como Deus se manifestou para Elias?

Minha Bíblia Ilustrada
- Desenhe Elias fugindo por meio do deserto.

Aprenda com pessoas mais experientes
- Pergunte aos seus pais se alguma vez já pararam para meditar ou pensar com tranquilidade e o que sentiram quando o fizeram.

Brincadeiras

Por que tão sério?

1 Os jogadores deverão se dividir em grupos de quatro participantes.

2 Cada grupo escolherá um jogador que será o "sério" e ele ficará na frente dos outros três. Quando o coordenador der o sinal, os três jogadores deverão tentar fazer o "sério" rir e ele fará o possível para permanecer quieto como uma estátua, sério e contendo o riso.

3 Os três jogadores terão que usar a sua imaginação para conseguir que o "sério" sorria. No entanto, não será permitido o contato físico. Não vale fazer cócegas!

4 A equipe que conseguir que o seu "sério" sorria, ganhará um ponto. Depois de um minuto, se tiverem conseguido ou não, os grupos deverão trocar os "sérios" e tentarão ganhar mais pontos para somá-los ao seu total.

Generosidade
Os milagres de Eliseu
2 Reis, Capítulo 4

O profeta Eliseu passava seus dias percorrendo o país, ensinando e ajudando os outros. Um dia, uma viúva foi visitar o profeta e lhe disse:
— Antes de morrer, o meu esposo tinha pedido dinheiro emprestado. Agora, a pessoa que emprestou pede que eu lhe devolva esse dinheiro. Se eu não pagar, ele levará os meus dois filhos como escravos. Ajude-me, por favor! Não tenho nada no mundo, exceto uma vasilha de azeite.
E Eliseu lhe falou:
— Consiga todos os recipientes que puder com seus vizinhos e amigos e encha-os com o azeite da vasilha.
A mulher não compreendia como poderia encher jarras, barris e potes somente com o conteúdo de sua vasilha. No entanto, ela confiou e quando começou a fazer o que Eliseu tinha lhe dito, ela percebeu que o azeite não acabava e todos os recipientes enchiam até quase derramar.
Eliseu falou para a mulher vender o azeite e, assim, ela teria dinheiro suficiente para pagar a dívida e

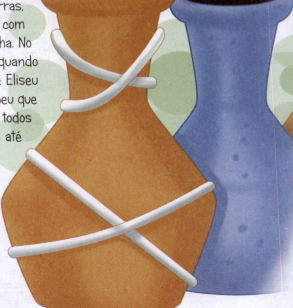

> Como é grande a tua bondade, que reservaste para aqueles que te temem, e que, à vista dos homens, concedes àqueles que se refugiam em ti!
>
> **Salmos** 31:19

que nunca mais ela seria pobre.

Dias depois, vindo de outro povoado, chegou um mercador que trazia vinte pães feitos com a cevada da última colheita: era uma oferenda para alimentar o profeta. Eliseu apontou o acampamento de seus seguidores com a mão e disse:

– Dá os pães a essas pessoas para que comam.

O homem, surpreso, perguntou:

– Mas, como vou repartir vinte pães entre cem homens?

– Dá os pães para que eles comam – insistiu Eliseu, porque assim disse Deus: 'COMERÃO TODOS E SOBRARÁ'.

Então, o homem começou a repartir os pães entre aquelas pessoas. Todos comeram até ficarem satisfeitos e sobraram pães, tal qual Deus tinha prometido.

Sempre que você puder, coloque a serviço dos demais suas qualidades e talentos.

O que se pode aprender?

A generosidade é a conduta que move uma pessoa a fazer o bem de maneira voluntária, sem levar em conta o próprio benefício. A generosidade é a virtude oposta ao egoísmo e, por isso, a pessoa generosa age sempre de forma desinteressada, colocando em primeiro lugar o benefício e a felicidade dos outros.

Atividades

 Comprove o que você sabe
- Por que a viúva precisava de dinheiro?
- Como Eliseu ajudou a viúva?
- Quantos pães trazia o mercador?
- O que fez Elizeu com os pães?

 Minha Bíblia Ilustrada
- Desenhe os seguidores de Eliseu comendo os pães do mercador.

 Aprenda com pessoas mais experientes
- Pergunte aos seus pais quem é a pessoa mais generosa que eles já conheceram.
- Se for possível, fale com essa pessoa e pergunte-lhe por que é tão generosa com os outros.

Brincadeiras

O robô impossível

1. Cada grupo de três jogadores terá um lápis e uma folha de papel dobrada em três partes iguais. Em cada dobradura deverão ser bem marcadas as duas linhas.

2. O primeiro jogador desenhará a cabeça de um robô na parte superior da sua folha, e o pescoço terá que coincidir com as linhas que tinham sido anteriormente marcadas (em cada dobradura). Quando a cabeça estiver desenhada, ele dobrará a folha de forma a esconder o seu desenho e passará a folha para outro jogador.

3. O seguinte jogador desenhará o corpo (até a cintura) e os braços do robô, levando em consideração que o pescoço terá que coincidir com as marcas da primeira dobradura e a cintura com a segunda. Quando o segundo jogador tiver terminado de desenhar o corpo, ele dobrará mais uma vez a folha (não deixando ver o seu desenho) e será a vez do terceiro jogador.

4. O último jogador (terceiro) desenhará o robô da cintura para baixo, fazendo coincidir o desenho com a segunda marca feita no papel (ou seja, com o final da cintura desenhada anteriormente).

5. Quando todos tiverem terminado, as folhas serão abertas para ver as criações desenvolvidas por cada grupo.

Bondade
A sunamita e seu filho
2 Reis, Capítulo 4

O profeta Eliseu costumava passar por um lugar chamado Suném. Ali morava uma mulher muito amável que, em certa ocasião, o convidou para comer com a sua família. Eliseu aceitou e, daquele dia em diante, cada vez que por ali passava, ficava para jantar e se hospedava naquela casa. Um dia ele disse para a mulher:

— Como posso pagar a você todos os cuidados e a atenção que me dedica? Como posso retribuir tanta bondade?

A mulher respondeu que sempre tinha desejado ter um filho, mas era impossível porque o seu marido já estava muito velho. Eliseu, então, disse à mulher:

— No próximo ano, mais ou menos nesta mesma data, terás um filho em teus braços.

A mulher não podia acreditar no que acabava de ouvir, mas a promessa de Eliseu se cumpriu: a mulher deu à luz um menino e ela e seu marido amavam imensamente aquele pequeno menino.

"Que pratiquem o bem, sejam ricos de boas obras, generosos em dar e prontos a repartir."
1 Timóteo 6:18

Um dia, o menino estava com o seu pai no campo e caiu doente. Levaram-no para casa. No entanto, pouco tempo depois, o menino morreu. A mulher o levou até o quarto em que Eliseu costumava dormir e saiu correndo para procurar o profeta e lhe contar o acontecido. Eliseu foi ver o menino imediatamente, ele se sentou ao seu lado e orou a Deus com muita fé e pediu que Ele escutasse as suas preces. Na mesma hora, o menino começou a respirar, abriu os olhos e se sentou na cama. Seus pais começaram a chorar de alegria.

Dessa forma, o Senhor, por meio do profeta Eliseu, recompensou a bondade da família e os abençoou até o fim dos seus dias.

Procurando o bem das outras pessoas se encontra o nosso.

O que se pode aprender?

A bondade é uma atitude positiva e construtiva para com os outros, a natureza e todas as coisas. A bondade é a inclinação natural a fazer o bem. Praticar a bondade envolve se comportar bem, ouvindo e evitando julgar sem conhecer, cuidando das plantas e dos animais, cumprindo com as obrigações sem procurar desculpas e brindando com ajuda a quem dela precisar.

Atividades

 Comprove o que você sabe
- Por que Eliseu era grato àquela mulher?
- Qual era o desejo da sunamita?
- Por que a sunamita não podia ter filhos?
- O que aconteceu quando a criança ficou doente?

 Minha Bíblia Ilustrada
- Desenhe a mulher e o seu velho marido brincando com o seu filho.

 Aprenda com pessoas mais experientes
- Pergunte aos seus pais se alguma vez foram bondosos com alguém ou se já foram testemunhas da bondade alheia.
- Peça que lhe expliquem o que sentiram.

Brincadeiras

Amo a Deus porque é...

1. Os jogadores sentarão formando um círculo e o primeiro dirá:
   – Amo a Deus porque é...
   Ele acrescentará um adjetivo que comece pela letra "A", por exemplo: Amo a Deus porque é AMÁVEL.
   O seguinte jogador repetirá a frase "amo a Deus porque é..." e completará com um adjetivo que comece com a letra "B".
   Cada jogador na sua vez deverá usar a seguinte letra do alfabeto.

2. Quando um jogador errar a letra ou não for capaz de achar um adjetivo com a letra correspondente, abandonará o jogo.

Fortaleza
As provas de Jó
Jó, Capítulo 1

Havia no país de Uz um homem chamado Jó. Ele era tranquilo e feliz e também honesto e muito justo. Tinha muitos filhos e possuía uma grande quantidade de ovelhas, camelos, bois e burros.
Deus disse a Satanás:
— Já prestaste atenção em meu servo Jó? Não há nesta terra um homem como ele. É bom e honesto, fiel a sua família, temente a Deus e muito bondoso.
E Satanás respondeu:
— Por acaso achas que o seu amor por Deus é desinteressado? Tu abençoaste o trabalho de suas mãos e seus rebanhos abundam e é por isso que ele te ama. No entanto, se estenderes a tua mão e o colocares a prova, verás que ele te dará as costas e te amaldiçoará!
Um dia, veio um mensageiro e disse a Jó:
— Teus bois estavam arando a terra, quando apareceram uns bandidos e levaram todo o teu gado.
Em seguida veio outro homem e lhe disse:
— Caiu um raio no campo e queimou todas as tuas ovelhas. Nenhuma escapou do fogo!

Quanto mais paz houver no interior de uma pessoa, maior será a sua fortaleza.

"O Senhor é a minha rocha, a minha fortaleza, o meu libertador; o meu Deus é a rocha em que me refugio; o meu escudo, e me dá a vitória."

Salmos 18:2

Ainda não tinha acabado de falar, quanto entrou um terceiro servo dizendo:
— Um grande vento atingiu a tua casa e as paredes foram derrubadas e teus filhos morreram no acidente.
Depois de ouvir todas essas tristes notícias, Jó perdeu todos os fios de cabelo que havia em sua cabeça. Então, ele se atirou ao chão e de joelhos, elevando seus olhos aos céus disse:
— O Senhor tinha me dado tudo e o Senhor tirou tudo de mim, abençoado seja o Seu nome.
Durante todo o tempo que Deus o colocou a prova, Jó não pecou nem falou nada contra Ele, demonstrando por meio de seus atos, uma fortaleza e um amor incondicional que agradaram muito ao Senhor.

O que se pode aprender?

A fortaleza é uma virtude que ajuda uma pessoa a enfrentar com coragem os perigos e os obstáculos que surgem ao longo da vida. A fortaleza ensina a aguentar, com firmeza e sem medo, as coisas ruins e não se render, apesar das dificuldades. Graças à fortaleza, aprende-se a resistir frente à adversidade, às doenças e à dor, lutando sem amargura e com a certeza de que se pode superá-las.

Atividades

Comprove o que você sabe
- Quem era Jó?
- Por que Deus escolheu Jó para colocá-lo a prova?
- Qual foi a atitude de Jó diante das adversidades que teve que enfrentar?
- Na atitude de Jó o que agradou mais a Deus?

Minha Bíblia Ilustrada
- Desenhe Jó de joelhos, com os braços erguidos, louvando a Deus.

Aprenda com pessoas mais experientes
- Pergunte aos seus pais em que momento de suas vidas eles tiveram que ser fortes para enfrentar as dificuldades e como foi útil a eles ter a certeza de que Deus estava com eles.

Brincadeiras

Quem sou eu?

1. Os participantes, sendo no mínimo quatro, formarão um círculo. Cada um escreverá o nome de um personagem famoso em uma etiqueta e esta será colada no peito do jogador a sua direita, sem deixar que ele veja o que está escrito.

2. Na sua vez, cada jogador que tiver a etiqueta fará perguntas aos seus companheiros, para tentar descobrir de quem se trata. Essas perguntas só poderão ser respondidas com um "sim" ou um "não". Depois de cada resposta, ele poderá tentar adivinhar quem é o personagem que ele representa. Ganha aquele que, fazendo o menor número de perguntas, acertar de quem se trata.

Respeito
Jesus limpa o templo
Mateus, Capítulo 21

Jesus decidiu que visitaria a cidade de Jerusalém e pediu a dois de seus discípulos que lhe trouxessem um jumento para entrar na cidade montado nele, em sinal de humildade.
Quando Jesus entrou em Jerusalém, ele foi recebido por muita gente que, com alegria, sacudia folhas de palmeira quando ele passava. Uma vez na cidade, Jesus chegou ao templo e viu com surpresa como aquele lugar santo tinha se transformado em um mercado a céu aberto.
Mercadores vendiam frutas, animais, vestidos e todo tipo de mercadorias e por toda parte as pessoas trocavam grandes somas em dinheiro.
Ao ver esse espetáculo, Jesus ficou muito zangado, desceu do jumento e expulsou todos os mercadores que ali estavam vendendo e comprando.

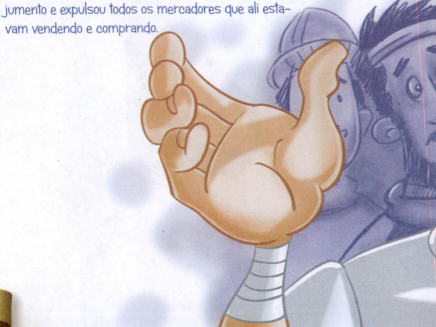

"Senhor, tenho ouvido a tua fama, ó Senhor, e respeito muito a tua obra! Faze-a reviver em nosso tempo e no decorrer dos anos. E na tua ira lembra-te de ser misericordioso".
Habacuque 3:2

Jesus virou as mesas em que estavam os agiotas e os postos dos vendedores de pombas, jogou as suas mercadorias, cadeiras e mesas para fora do templo e pediu respeito por aquele lugar dizendo:
— Está escrito: Minha casa é casa de oração, mas vocês a transformaram em um covil de ladrões.

Para ser uma pessoa boa é preciso cumprir e respeitar as normas.

O que se pode aprender?

O colégio, o templo, o hospital, a casa de um amigo ou a própria casa são lugares que merecem o respeito e onde se deve manter a ordem e a limpeza. Sempre se deve observar e cumprir as normas básicas da urbanidade, especialmente, quando se entrar no templo ou na igreja, porque estes são lugares muito especiais, uma vez que a igreja é a casa do Senhor e se deve comportar bem em sua presença para demonstrar-lhe amor.

Atividades

Comprove o que você sabe
- Por que Jesus entrou em Jerusalém montado em um jumento?
- Como foi recebido Jesus pelas pessoas em Jerusalém?
- Com o que Jesus se deparou quando chegou ao templo?
- Por que Jesus se zangou com as pessoas que estavam reunidas no templo?

Minha Bíblia Ilustrada
- Desenhe Jesus expulsando os mercadores do templo.

Aprenda com pessoas mais experientes
- Pergunte aos seus pais por que é importante se comportar adequadamente e obedecer às regras no local em que se estiver, seja na casa de alguém, na escola, no parque, etc.

Brincadeiras

Corrida com água

1 Os jogadores ficarão lado a lado, junto a uma mesa com muitos copos plásticos cheios de água. Cada participante pegará os copos de água que quiser ou conseguir, e quando for dado o sinal, todos deverão percorrer, ao mesmo tempo, o caminho até a linha de chegada (localizada a uns 30 metros), tentando não derramar a água.

2 Não ganhará o jogo quem chegar primeiro, mas sim aquele que tiver conseguido transportar mais água sem derramar.

· 77 ·

compromisso
A multiplicação dos pães
Marcos, Capítulo 8

Aconteceu que uma grande quantidade de gente se reuniu para seguir Jesus. E depois de ouvir os ensinamentos do mestre, eles sentiram fome, mas não tinham levado nada para se alimentar e naquele lugar não tinha onde comprar comida.
Jesus chamou os seus discípulos e assim lhes disse:
– Faz três dias que estas pessoas nos acompanham e elas não têm nada para comer. Se voltarem para suas casas, elas perecerão no caminho, pois muitas delas vieram de longe. Eu me comprometi a cuidar delas e é isso que farei.
E seus discípulos lhe responderam:
– Onde conseguiremos, neste lugar deserto, pão para dar-lhes de comer?
Jesus, então, perguntou aos discípulos:
– Quantos pães nós temos?

"O amor não pratica o mal contra o próximo, pois o amor é a maneira de cumprir a lei".
Romanos 13:10

E eles responderam:
– Temos somente sete pães.
Então, Jesus pediu a todas as pessoas que se sentassem no chão e, pegando os sete pães, Jesus deu graças a Deus, abençoou os pães e os entregou a seus discípulos para que os repartissem. E eles os serviram àquelas pessoas. Também tinham alguns poucos peixes. Jesus pronunciou a benção e mandou reparti-los entre aquelas pessoas.
E foi assim que esse dia, pela graça de Deus, todos comeram até ficarem satisfeitos e quando o último daqueles que seguiam Jesus saciou a sua fome, ainda tinham sobrado sete cestas de pão e de peixe.

O compromisso é a base sobre a qual se deve construir a vida.

· 79 ·

O que se pode aprender?

O compromisso é aquilo que transforma uma promessa em realidade. é a palavra que fala do valor das intenções. é cumprir aquilo que se promete. mesmo quando as circunstâncias são adversas. O valor do compromisso vai além de uma pessoa cumprir a sua obrigação. é colocar todo o seu empenho. a sua vontade e a sua capacidade para fazer aquilo que foi confiado a ela.

Atividades

Comprove o que você sabe

- Durante quantos dias os seguidores de Jesus. que ouviam os seus ensinamentos. ficaram sem comer?
- Quantos pães tinham os discípulos para repartir entre aquelas pessoas?
- O que aconteceu quando Jesus abençoou a comida e deu graças a Deus?

Minha Bíblia Ilustrada

- Desenhe Jesus abençoando os pães e os peixes.

Aprenda com pessoas mais experientes

- Pergunte aos seus pais por que é importante respeitar os compromissos assumidos.
- Peça que lhe expliquem o que acontece quando não se cumpre com a palavra e se nega a aceitar as responsabilidades.

Brincadeiras

1, 2,... BOOM!

1 Todos os jogadores deverão sentar formando um círculo. O jogo começa quando um dos participantes falar "UM" em voz alta e, em sentido horário, as outras crianças continuarão a enumeração. Aquele que na sua vez tiver que falar um múltiplo de três (3, 6, 9, 12, etc.) ou um número que termina em três (13, 23, 33, etc.), ao invés do número correspondente, deverá falar "BOOM!".

2 Perderá o jogo aquele que não falar "BOOM!" ou que errar o número seguinte. Aqueles que perdem abandonam o jogo e os outros começam a contagem novamente (a partir do número "UM"). Os jogadores devem tentar ser muito rápidos. Se um companheiro demorar muito para responder, também será desclassificado (5 segundos no máximo). Os dois últimos jogadores que sobrarem serão os ganhadores.

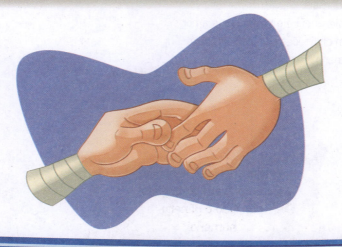

Tolerância
Os conselhos de Jesus
Lucas, Capítulo 6

E Jesus foi ao monte e ali passou a noite toda orando. No dia seguinte, ao descer do monte com os seus apóstolos, ele encontrou centenas de pessoas, que tinham vindo de muitos lugares para ouvirem os seus ensinamentos e para serem curados de suas enfermidades. Então, Jesus levantou seus braços e começou a ensinar as virtudes do amor, do respeito, da tolerância para toda aquela gente dizendo:
– Amem os seus inimigos e façam o bem àqueles que os odeiam, abençoem aqueles que os amaldiçoam e orem por aqueles que os caluniam. Ao que te bate em uma face, oferece-lhe também a outra. Ao que tirar a tua capa, deixa-o levar também a túnica. Dá tudo que ele te pedir e, se alguém levar o que é teu, não peças que o devolva. O que quiseres que façam contigo, faz de igual maneira para os demais.
A tolerância é o respeito e o amor sem distinções por todo o gênero humano.

> A tolerância é o respeito e o amor sem distinções por todo o gênero humano.

> Eu digo a vocês que me ouvem: amem os seus inimigos, façam o bem àqueles que os odeiam, abençoem aqueles que os amaldiçoam, orem por aqueles que os maltratam.
> **Lucas** 6:28-27

Se amas aqueles que te amam e praticas o bem só com aqueles que te fazem o bem, o que há de extraordinário nisso? No entanto, se amares quem pouco ou nada te ama, se fizeres o bem e doares sem esperar nada em troca, a tua recompensa será grande.

O que se pode aprender?

A tolerância é a virtude que impulsiona uma pessoa a respeitar aos demais sem fazer nenhum tipo de distinção. Permite reconhecer e aceitar as diferenças que possam existir entre as pessoas, sabendo que todos são dignos dos mesmos direitos. Uma pessoa tolerante acredita no poder do diálogo para resolver os problemas e tenta sempre achar a forma de tornar mais fácil a convivência em sociedade.

Atividades

 ### Comprove o que você sabe
- O que Jesus encontrou quando desceu do monte?
- O que Jesus disse para os seus seguidores?
- O que Jesus explicou que se deve fazer com aqueles que não gostam de nós?

 ### Minha Bíblia Ilustrada
- Desenhe Jesus no alto do monte.

 ### Aprenda com os mais experientes
- Pergunte aos seus pais se alguma vez eles já sofreram por causa da intolerância e peça que lhe expliquem como se sentiram.
- Pergunte a eles como se pode, por meio do diálogo e da compreensão, ajudar a construir uma sociedade mais justa e solidária.

Brincadeiras

A Caixa Mágica

1 Todos os jogadores ficarão agachados e cobrirão a cabeça utilizando os braços e as mãos, colocando a cabeça entre as pernas, formando assim a "caixa mágica".

2 O coordenador diz:
– A caixa mágica se abre e dela saem... (por exemplo) motos.
Então, todos deverão imitar o objeto mencionado.

3 Quando o coordenador falar:
– A caixa mágica se fecha ...
Todos voltarão para a posição inicial.

· 85 ·

Perdão
Não cometerás atos impuros
Lucas, Capítulo 7

Um dia, um fariseu chamado Simão convidou Jesus para jantar. Jesus aceitou o convite, entrou na casa de Simão e sentou à mesa. Uma mulher conhecida na cidade pela sua vida desregrada, ao saber que Jesus estava na casa do fariseu, pegou um vidro cheio de perfume e foi pedir a Jesus que Ele perdoasse seus pecados e seu mau comportamento. Quando chegou, ela se jogou aos pés de Jesus e os lavou com suas lágrimas, os enxugou com seus cabelos e os ungiu com perfume. Simão, ao ver tudo que aquela mulher estava fazendo, e observando que o Mestre não a repreendia, começou a pensar:

— Se Jesus fosse realmente um profeta, Ele perceberia que aquela mulher é conhecida pelo seu mau comportamento e lhe viraria as costas.

Jesus viu a dúvida refletida no rosto de Simão e lhe disse:

— Simão, eu quero contar uma história.

— Fala, meu Mestre! — disse Simão.

— Uma pessoa tinha dois devedores: um lhe devia quinhentas moedas de ouro e o outro, cinquenta. Como essas pessoas não podiam pagar, o credor perdoou a dívida de ambos. Qual deles você acha que ficou mais feliz quando a sua dívida foi perdoada? — perguntou Jesus.

"Suportando-vos e perdoando-vos uns aos outros, se alguém tiver queixa contra outro; assim como o Senhor vos perdoou, assim fazei vós também."

Colossenses 3:13

– Suponho que foi aquele que devia mais dinheiro – disse Simão.
– Justamente. Você julgou bem – respondeu Jesus.
Assim, apontando para a mulher, disse a Simão:
– Você está vendo esta mulher? Eu entrei na tua casa e você não me ofereceu água. Ela, em compensação, lavou os meus pés com as suas lágrimas e os enxugou com o cabelo. Você não se preocupou comigo, mas ela não parou de cuidar de mim. Você não ungiu a minha cabeça com óleo e ela borrifou os meus pés com perfume. Por isso, eu digo que todos os seus pecados lhe serão perdoados, porque ela demonstrou o seu amor por mim.
Jesus, então, falou para a mulher:
– Teus pecados estão perdoados. Vai em paz!

O perdão é uma benção em dobro: é abençoado quem o pratica e também quem o recebe.

O que se pode aprender?

Perdoar é esquecer as ofensas recebidas e desculpar os erros do outro, fazendo-o sem rancor para assegurar uma boa convivência. A pessoa capaz de perdoar sabe que nenhum ser humano é perfeito, que todos erram e que, por isso, deve-se estar disposto a perdoar. Se formos os primeiros em perdoar, nossas faltas e erros futuros serão perdoados.

Atividades

✓ Comprove o que você sabe

- Por que a mulher foi até a casa de Simão?
- O que a mulher fez para Jesus?
- Por que Simão ficou surpreso?
- Qual foi a explicação que Jesus deu ao fariseu?

✓ Minha Bíblia Ilustrada

- Desenhe a mulher lavando os pés de Jesus.

✓ Aprenda com pessoas mais experientes

- Pergunte aos seus pais em que momento de suas vidas alguém desculpou as suas faltas ou erros que tenham cometido.
- Pergunte se eles são capazes de perdoar sem rancor.

Brincadeiras

As cadeiras musicais

1 Será necessária uma cadeira por jogador, e uma será retirada. As cadeiras deverão ser colocadas em círculo, com o assento virado para fora. O coordenador ficará responsável por ligar e desligar a música.

2 Enquanto a música estiver tocando, os jogadores dançarão ao redor do círculo (pelo lado de fora), e quando a música parar, eles deverão procurar um lugar para sentar. Aquele que não conseguir uma cadeira será eliminado e o coordenador tirará uma cadeira do círculo antes de continuar. O jogo terminará quando houver só uma cadeira para dois jogadores.

Humildade
O Pai nosso
Lucas, Capítulo 11

Um dia, estava Jesus orando em silêncio com os olhos fechados e a cabeça inclinada. Quando terminou, um dos seus discípulos lhe disse:

– Senhor, nós também queremos aprender a orar. Ensina-nos, por favor!

E Jesus respondeu:

– Quando quiserem falar com Deus, não se preocupem em usar muitas palavras porque isso não é o importante. Deus sabe o que existe no coração de cada um e aquilo que irão lhe pedir. O que importa, de verdade, é que sejam humildes diante do Senhor. Quando quiserem rezar, afastem-se do barulho e das preocupações, procurem um lugar silencioso e tranquilo e digam assim:

– Pai nosso, que estás no céu, santificado seja o Teu nome, venha a nós o teu reino e faça-se a tua vontade assim na terra como no céu. O pão de cada dia dá-nos hoje, perdoa as nossas ofensas, assim como nós perdoamos a quem nos tem ofendido. Não nos deixes cair em tentação, e livra-nos do mal.

> O orgulho divide os homens, mas a humildade os une.

"Melhor é o homem que se estima em pouco e faz o seu trabalho do que o vanglorioso que tem falta de pão".

Provérbios 12:9

O que se pode aprender?

A humildade é a virtude que leva uma pessoa a se aceitar como é estando plenamente consciente dos defeitos que tem e valorizando na justa medida as habilidades. A pessoa humilde é aquela que se conhece, que sabe, exatamente, quais são os seus limites e acima de tudo, aquela que nunca mente sobre as suas qualidades só para impressionar os outros.

Atividades

✓ Comprove o que você sabe
- Como rezava Jesus?
- O que pediram os discípulos a Jesus?
- Qual foi a recomendação de Jesus?
- Que oração Jesus ensinou a seus seguidores?

✓ Minha Bíblia Ilustrada
- Desenhe Jesus falando com seus seguidores.

✓ Aprenda com pessoas mais experientes
- Pergunte aos seus pais como eles se comunicam com Deus.
- Peça que lhe expliquem por que Deus gosta das pessoas humildes e por que a Bíblia diz que "os mansos herdarão a Terra".

Brincadeiras

Quente / Frio

1 Deverá ser escolhido um tesouro e um coordenador, que se encarregará de escondê-lo, enquanto os outros jogadores esperam fora do quarto.

2 Quando o coordenador já tiver escondido o tesouro, ele chamará os outros participantes para procurá-lo. O coordenador dará três tipos de pistas ao dizer:
– FRIO – se um jogador estiver longe do tesouro.
– MORNO – na medida em que alguém for se aproximando do local correto.
– QUENTE – quando alguém estiver muito perto.

3 Quando um jogador encontrar o tesouro, ele ganhará aquela rodada e será o próximo coordenador. Ganhará o jogo aquele que achar o tesouro em menos tempo.

Gratidão
Os dez leprosos
Lucas, Capítulo 17

Aconteceu que Jesus estava a caminho de Jerusalém e, quando passava pela fronteira entre Samaria e Galileia, saíram ao seu encontro dez homens leprosos, que arrastando os pés, se aproximaram gritando:
– Jesus, Mestre, tem compaixão de nós!
Jesus, ao vê-los disse:
– Vão e se apresentem aos sacerdotes.
E aconteceu que enquanto caminhavam, pela graça de Deus, ficaram limpos, a sua pele sarou e suas feridas secaram.
Um deles, percebendo a sua cura, se jogou aos pés de Jesus, dando graças, com lágrimas de alegria nos olhos.
E Jesus falou:
– Não foram curados os dez? Onde estão os outros nove?
E segurando aquele homem pelos ombros, Jesus o ajudou a levantar e sorrindo lhe disse:
– Levanta-te. A tua fé te salvou!

Para a pessoa de coração sincero, resulta muito simples ser grato.

"Dai graças ao Senhor, porque Ele é bom; porque a Sua benignidade dura para sempre."
Salmos 136:1

O que se pode aprender?

A gratidão é a virtude que faz valorizar e reconhecer aquilo que se possui e as capacidades e os gestos e atos daqueles que amam. A pessoa grata se sente afortunada por tudo que recebe e mostra um grande respeito e carinho. A gratidão é necessária para estabelecer uma autêntica relação com Deus e é básica para conviver em sociedade.

Atividades

 Comprove o que você sabe
- O que pediram os leprosos a Jesus?
- O que aconteceu depois que Jesus os curou?
- O que Jesus disse para o leproso que agradeceu a sua benção?

 Minha Bíblia Ilustrada
- Desenhe Jesus curando os leprosos.

 Aprenda com pessoas mais experientes
- Pergunte aos seus pais a quem eles são gratos e por quê?
- Peça que lhe expliquem por que dizemos que a gratidão é muito boa para a convivência em sociedade.

Brincadeiras

Guerra de balões

1. Cada jogador deverá amarrar um balão em seu tornozelo esquerdo, usando uma corda para isso.

2. Quando for dado o sinal, cada jogador tentará estourar o balão dos outros com o pé direito, enquanto tenta proteger o balão que está em seu tornozelo. Os jogadores que tiverem o seu balão estourado, abandonarão o jogo.

3. Ganhará o participante que conseguir manter o seu balão cheio por mais tempo.